张悦然 著

是你来
IS THAT YOU COMING TO

检阅
INSPECT MY GLOOM

我的忧伤了吗

世纪出版集团

上海译文出版社

目录
CONTENTS

小染

二层阁楼，抑或嘴唇浸入夹竹桃里。

1.　男人男人，怎么还没有睡去。

我坐在窗口的位置看表。钟每个小时都敲一下，我看见钟摆像个明晃晃的听诊器一样伸过来，窃进我的心里。那个银亮的小镜子照着我俯视的脸。我的嘴唇，是这样的白。

窗台上的有我养的水仙花。我每天照顾它们。花洒是一个透明印花的。长长的脖子长长的手臂，像个暗着脸的女子。我把她的肚子里灌满了水，我能听见这个女人的呻吟。很多很多的明媚的中午，我就扯着这个女子的胳膊来照顾我的花朵。

阳台上有六棵水仙。我时常用一把剪刀，插进水仙花的根里。凿，凿。露出白色汁液，露出它们生鲜的血肉。我把剪刀缓缓地压下去，汁液慢慢渗出来，溅到我的手上。这把剪刀一定是非常好的铁，它这么冷。我一直握着它，可是它吸走了我的所有元气之后还是冰冷。最后我把切下来的小小鳞片状的根聚在一起。像马铃薯皮一样的亲切的，像小蚱蜢的翅膀一样轻巧。我把它们轻轻吹下去，然后把手并排伸出去，冬天的干燥阳光晒干了汁液，我有了一双植物香气的手。

2. 冬天的时候，小染每天买六盆水仙花。把它们并排放在窗台上。她用一把亮晶晶的花剪弄死它们。她站在阳台上把植物香味的手指晾晾干。

然后她拿着花剪站在回转的风里，发愣。她看见男人在房间里。他穿驼色的开身毛衣，条绒的肥裤子。这个冬天他喜欢喝一种放了过多可可粉的摩卡咖啡。整个嘴巴都甜腻腻的。他有一个躺椅，多数时候他都在上面。看报纸抽烟，还有画画。他一直这么坐着。胡子长长了，他坐在躺椅上刮胡子。他把下巴弄破了，他坐在躺椅上止血。

有的时候女孩抱着水仙经过，男人对她说，你坐下。他的话总是能够像这个料峭冬天的第一场雪一样紧紧糊裹住女孩。小染把手紧紧地缩在毛衣袖子里，搬过一把凳子，坐下。她觉得很硬，但是她坐下，不动，然后男人开始作画。小染觉得自己是这样难堪的一个障碍物，在这个房间的中间，她看到时光从她的身上跨过去，又继续顺畅地向前流淌了。她是长在这个柔软冬天里的一个突兀的利器。■

3. 男人是画家。男人是父亲。男人是混蛋。

女人被他打走了。女人最后一次站在门边，她带着一些烂乎乎的伤口，定定眼睛看了小染一眼，头也不回地带上门。小染看见门像一个魔法盒子一样把过去这一季的风雪全部关上了。小染看见女人像缕风一样迅速去了远方。门上沾了女人的一根头发。小染走过去摘下了那根普通的黑色长发。冬天，非常冷。她随即把手和手上的那根头发深深地缩到了毛衣袖子里。

小染不记得这汹涌的战争有过多少次。她只是记得她搬了很多次家，每次都是摇摇晃晃的木头阁楼。每次战争都在最深的房间里，可是楼梯墙壁还有天花板总是不停打颤。女人羔羊一样的哭声一圈一圈缠住小染的脖子打结。小染非常恐惧地贴着床头，用指甲剪把木漆一点一点刮下来。每次战斗完了，女人都没有一点力气地坐在屋子中央。小染经过她的时候她用很厌恶和仇恨的眼神看着小染。然后她开始咆哮地骂男人。像只被霸占了洞穴的母狼一样的吼叫。小染走去阳台，她看到花瓣都震落了一地，天，又开始下雨了。

　　那天又是很激烈的争执。小染隔着木头门的缝隙看见女人满脸是血。她想进去。她讨厌那女人的哭声，可是她得救她。她扣了门。男人给她开了门，然后用很快的速度把她推出门，又很快合上了门。锁上了。男人把小染拉到门边。门边有男人的一只黑色皮包和一把长柄的雨伞。男人不久前去远行了。男人一只手抓着小染，另一只手很快地打开皮包。在灰戚戚的微光里，小染看到他掏出一只布娃娃。那个娃娃，她可真好看。她穿一件小染一直想要的玫瑰色裙子，上面有凹凸的黑色印花。小染看见蕾丝花边软软地贴在娃娃的腿上，娃娃痒痒地笑了。男人说，你自己出去玩。说完男人就把娃娃塞在小染的怀里，

她只是记得　她搬了很多次　家
每次　都是　摇摇晃晃的　木头阁楼

拎着小染的衣领把她扔出了家门。锁上了。小染和娃娃在外面。雪人都冻僵了的鬼天气，小染在门口的雪地滑倒了又站起来好几次。

那一天是生日。特别应该用来认真许一个愿的生日。小染想，她是不是应该爱她的爸爸一点呢，他好过妈妈，记住了生日。小染听见房子里面有更汹涌的哭嚎声。可是她觉得自己冻僵了，她像那雪人一样被粘在这院子当中间了。娃娃，不如我们好好在这里过生日吧你说好吗。小染把雪聚在一起，她和娃娃坐在中央。小染看着娃娃，看到她的两只亚麻色的麻花辫子好好地编好，可是自己的头发，草一样地扎根在毛衣的领子里。小染叹了口气说，你多么好看啊，娃娃。

小染记得门开的时候已经是夜晚。她很迟缓地站起来。身上的雪硬邦邦地滚下来，只有怀里的娃娃是热的。小染走路的时候看到自己的脚肿得很圆，鞋子胀破了。她摇摇摆摆地钻进房子里。她妈妈在门口，满脸是凝结了的血。女人仔细地看着小染。她忽然伸出一只血淋淋的手给了小染一个耳光。

她说：一个娃娃就把你收买了吗？

小染带着她肿胀的双脚像个不倒翁一样摇晃了好几圈才慢慢倒下了。她的鼻子磕在了门槛上。她很担心她的鼻子像那个雪人的鼻子一样脆生生地滚到地上。还好还好，只是流血而已。

小染仰着脸，一只手放在下巴的位置接住上面流下来的血。她看见女人回房间拿了个小的包，冲门而出。她看见女人在她的旁边经过，给了她一个轻蔑的眼神。这是最后一次，她和她亲爱的妈妈的目光交汇。然后女人像风一样迅速去了远方。小染走到门边摘下她妈妈的头发，她没有一个好好的盒子来装它，最后她把头发放进了娃娃裙子的口袋里。

以后的很多年里，一直是小染，娃娃还有男人一起过的。

男人从来没有和小染有过任何争执。因为小染一直很乖。小染在十几年里都很安静，和他一起搬家，做饭，养植物。男人是画家，他喜欢把小染定在一处画她。小染就安静地坐下来，任他画。

男人在作画的间隙会燃一根烟，缓缓地说，我爱你胜过我爱你的妈妈。你是多么安静啊。然后他忽然抱住小染，狠狠地说：你要一直在我身边。

小染想，我是不是应该感恩呢，对这世界上唯一一个在乎我的人。

这么多年，只有那年的生日，小染收到过礼物：那个娃娃，以及母亲的一根头发。

4.　搬到这个小镇的时候男人对我说，他想画画小镇寒冷的冬天。可是事实上冬天到了这个男人就像动物一样眠去了。他躺在他的躺椅上不出门。

我在一个阁楼的二楼。我养六棵水仙。男人对我说，你可以养花，但不要很多，太香的味道会使我头痛。

城市东面是花市。我经过一个路口转弯就能到。

今天去买水仙的时候是个大雾的清晨。我买了两株盛开的。我一只手拿一株，手腕上的袋子里还有四块马铃薯似的块根。我紧一紧围巾，摇摇摆摆地向回走。水仙根部的水分溅在我的手上，清凉凉。使这个乏味的冬季稍稍有了一点生气。

一群男孩子走向我。他们好像是从四个方向一起走来的，他们用了不同的香水，每一种都是个性鲜明地独霸着空气。我感到有些窒息。他们有的抱着滑板，有的抽着烟，有的正吐出一块蘑菇形状的蓝莓口香糖。紫色头发黄色头发，像些旗帜一样飘扬在他们每个人的头上。大个头拉链的缤纷滑雪衫，鞋子松松垮垮不系鞋带。

我在水仙花的缝隙里看到他，最前面的男孩子。他火山一样烧着的头发，他酒红色外套，碎呢子皮的口袋里有几个硬币和打火机碰撞的当当地响。我看到他看着别处走过，我看到他和我擦肩，真的擦到了肩，还有我的花。花摇了摇，就从花盆里跳了出来，跳到了地上。花死在残碎的雪里，像昨天的茶叶一样迅速泼溅在一个门槛旁边。

一群哄笑。这群香水各异的邪恶男孩子。我把我的目光再次给了我心爱的花。我蹲下捡起它。可是我无可抱怨，因为这花在这个黄昏也一定会死在我的剪刀下。只是早到了一点，可是这死亡还算完整。我捡起它。那个男孩子也蹲下，帮我捡起花盆。我和他一起站起来。我感到他的香水是很宜人的花香。他冲我笑笑。我再次从那束水仙里看着这个男孩子，他很好看，像一个舶来的玩具水兵一样好看。站在雪里，站在我面前。

我想我得这样走过去了，我已经直立了一小会儿，可是没有接到他们的道歉，我想我还是这样走吧。可是我看到那个男孩子，他在看着我。他用一种非常认真的详细的目光看着我，像博士和他手里被研究的动物。我想着目光或者邪恶或者轻薄可是此刻你相信么你知道么我感到阳光普照。阳光拧着他的目光一同照耀我，让我忽然想在大舞台一样有了表演欲。我表露出一种令人心疼的可怜表情。

男孩，看着我，仍旧。我想问问他是不是也是个画家，因为这样的眼神我只在我的父亲那里见过。

男孩在我的左面，男孩在我的右面，男孩是我不倦的舞台。

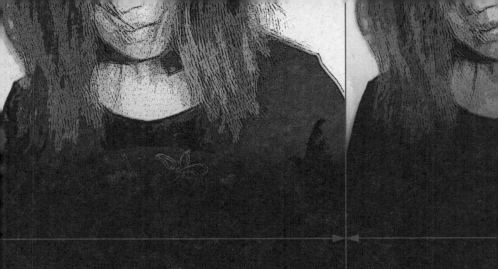

他终于对我说话了。他惟一一次对我说话。他说，你，你的嘴唇太白了，不然你就是个美人了。

是轻薄的口气，但是我在无数次重温这句话的时候感到一种热忱的关爱。

身旁的男孩子全都笑了，像一出喜剧的尾声一样地喝彩。我站在舞台中央，狼狈不堪。

嗨嗨，知道这条街尽头的那个酒吧么？就是二楼有圆形舞池的那个，今天晚上我们在那里有Party，你也来吧。呃呃，记得，涂点唇膏吧，美人。男孩昂着他的头，抬着他的眼睛，对我这样说。身边的男孩子又笑了。他们习惯附和他，他是这舞台正中央的炫目的镁灯，

　　我和我的花还在原地站着。看他们走过去。我看到为首的男孩子收拾起他的目光，舞台所有的灯都灭了。我还站在那里。我的手上的水仙还在淌水，我下意识地咬住嘴唇，把它弄湿。

　　然后我很快地向家的方向跑去。

　　中途我忽然停留在一家亮堂堂的店子门口。店子门口飘着一排花花绿绿的小衣服。我伫立了一小会儿，买下了一条裙子。

　　是一件玫瑰紫色的长裙。我看到它飘摇在城市灰灰的杏色的晨光里。有一层阳光均匀地洒在裙裾上，像一层细密的小鳞片一样织在这锦缎上面。它像一只大风筝一样嗖的一下飞上了我的天空。

　　我从来都不需要一条裙子。我不热爱这些花哨的东西。不热爱这些有着强烈女性界定的物件。

　　可是这一时刻，我那只拿着水仙的手，忍不住想去碰碰它。

我想起它像我的娃娃身上的那条裙子。像极了。那条让我嫉妒了十几年的裙子。它像那个娃娃举起的一面胜利旗帜一样昭告，提醒着我的失败。是的，我从未有过这样媚艳馈赠。

买下它。我买下我的第一条裙子，像是雪耻一样骄傲地抓紧它。

然后我很快很快跑回家。

5. 小染很快地打开家门，冲进画室。她手上的水仙和崭新的裙子被扔在了门边，然后她开始钻进那些颜料深处寻找。地上是成堆的颜料管子和罐子。有些已经干了，有些已经混合，是脏颜色了。她一支一支拿起来看，扔下，再捡起另外一支。男人听见了她的声音，在他的躺椅上问，你找什么呢？

小染没有回答，只是继续找，她开始放弃颜料管，向着那些很久都不用的大颜料罐子了。她的动作像一只松鼠一样敏捷，她的表情像部署一场战斗的将军一样严肃。

男人说，到底你在找什么？男人仍旧没有得到回答，他听见女孩子把罐子碰倒了，哐啷哐啷的响声。还有颜料汩汩地流淌出来的声音。

男人从他的躺椅上起来。冲到画室里，问，你在找什么？

红色颜料，红色颜料还有么？小染急急地问。

没有了。我很久不用那种亮颜色了，你忘记了吗，搬家的时候我叫你都扔掉了，现在没有了。画这里糟糕的冬天我根本用不到红色。男人缓缓地回答。

小染没有再说话，她只是停下手中徒劳的寻找，定定地站在原地，像个跳够了舞的发条娃娃一样迟钝地粘在了地面上。她喘着粗气，洒出来的颜料溅在了她的腿上，慢慢地滑落，给她的身体上着一层灰蒙蒙的青色。

男人问，你要红色颜料做什么？

没什么。小染回答，从男人的旁边穿过去，到厨房给男人煮他喜欢的咖啡。

6. 我把咖啡递给男人，然后我端着新买的水仙上了阁楼。雾已经散去了，太阳又被张贴出来，像个逼着人们打起精神工作的公告。水仙被我放在了阳台上，我不知道它们什么时候会开。剪刀在我的手旁边，银晃晃的对我是个极大的诱惑，我忽然把剪刀插到水仙里，根里的汁液像那些颜料一样汩汩地冒出来。它们照例死亡了。我等不到傍晚了。

然后我逐渐安静下来。我把我的凳子搬去阳台，坐下。我回想起刚才的一场目光。我想起那个男孩的一场风雪一样漫长的凝望。我想起他烧着的头发荒荒地蔓延，他说话的时候两片薄薄的嘴唇翕合，像一只充满蛊惑性的蝴蝶。

我听见一群男孩的笑，他们配合性地，欣赏性地，赞许性地笑了。他们像天祭的时候一起袭击一个死人的苍鹰一样从别处的天空飞过来，覆盖了我，淹没了我。

我忽然微微颤了一下，希望我的挣扎有着优美的姿势。

我忽然想起了我的新裙子。它还躺在那只冰凉冰凉的袋子里。

我把它一分一寸从袋子里拉出来，像是拉着一个幸福的源头缓缓把它公诸于世。我把娃娃放在我的床边，让她看着我换衣服。

玫瑰骤然开遍我的全身。我感到有很多玫瑰刺嵌进我的皮肤里，这件衣服长在了我的身体里，再也再也不会和我分开了。

娃娃，娃娃，你看看我，我美吗。

7. 小染在黄昏之前的阁楼里走来走去。时间是6点。男人吃过一只烧的鱼还有一碟碎的煮玉米。他通常会在吃饱之后渐渐睡去，直到8点多才缓缓醒来收看有关枪战的影片。他在那时候会格外激动，有时还会把身边的画笔磕在画板上砰砰作响。可是眼下他应该睡去了。

小染听到外面嘈杂的孩子的叫嚣声。她觉得他们都向着一个方向去了。她觉得有一块冰静的极地值得他们每一只企鹅皈依。她把切碎的水仙花瓣碾碎，揉在身上和颈子上。水仙的汁液慢慢地渗进去，游弋进她的血液。她听见它们分歧的声音，她听见它们融会的声音，是的，融会在一起，像一场目光一样融会在一起。

钟表又响，男人还是没有睡。他在翻看一本从前买的画册，他的眼镜不时从塌陷的鼻子上滑下来，他扶一扶，继续翻看，毫无睡意。

小染想彻底去到外面的空气里，她想跟随那些野蛮男孩子的步伐，她想再站在那个男孩面前，听着他轻薄她。可是男人必须睡觉，她才能顺利跳出这个木头盒子，把男人的鼾声和死去的水仙都抛在脑后，然后去赴一场约。

小染用牙齿咬住嘴唇，细碎的齿印像一串无色的铃兰花一样开在嘴唇上。然后小染下楼去了。她记起下面阳台上好像还有几块水仙花根，她就拿着剪刀下楼了。

　　小染把剪刀握在手中，把手缩在袖子里，穿一双已经脱毛的棉拖鞋，迅速跑下楼去。她径直向着那些水仙花根走去。

　　男人看到她，忽然说，你坐下。

　　什么？小染吓了一跳。

　　男人已经拿起了身边的画笔，示意小染坐下。他又缓缓地说，你今天穿了裙子。很不同。

　　小染愣了一下，终于明白男人是要做画了。她站住，把剪刀放在放画笔的木头桌子上，然后搬过一把凳子，坐下来。

　　她那一刻忽然觉得时间都停下了，她被固定在一个锈迹斑斑的齿轮上，她的整条玫瑰裙子就在这高高的齿轮上开败了。她把手紧紧地贴在裙子上，仿佛掬捧着最后的一枚花瓣。世界就要失去了所有的水分，她抬头看见男人干涸的眼角，正有一团浑浊的污物像一团云彩一样聚起来。

小染好像听见楼下有人叫她。她觉得有一条铺着殷红地毯的道路就在她家门外缓缓铺展开。她觉得她应该走上去，走过去。她感到盛大的目光在源头等待他的玫瑰。小染想跳起来。飞出去。在这个黄昏的最后一片阳光里飞出这个阴森的洞穴。

8. 我仿佛看到我的娃娃在楼上的木板地上起舞。她的嘴唇非常红润。

9. 男人画着画着慢慢停了下来。他用目光包裹起这个小巧的女孩子。他好像头一次这样宝贝她。他非常喜欢女孩的新裙子。新裙子使这女孩子看起来是个饱满而丰盛的女人。像她的母亲最初出现在他的生命里的样子。

笑笑，你笑笑。男人对女孩说，你从来都不笑，你现在笑笑吧。

男人这一刻非常宽容和温暖，他像个小孩一样地放肆。

小染看见窗外的男孩子们像一群白色鸽子一样地飞过去。她笑了一下。

男人非常开心。男人全无睡意。他已经停下了，只是这样看着女孩。

他忽然站起来，非常用力地把小染拉过去。他紧紧地抱着女孩。女孩像一只竖立着的木排一样被安放在男人身上。她支着两只手悬在空中。小染还带着刚刚那个表演式的微笑，她一点一点地委屈起来。

男孩还在说，你，你的嘴唇啊，太白了啊，不然，你，就是个美人了。

娃娃还在跳舞。她又转了7个圆圈，玫瑰裙子开出新的花朵。

一切都将与她错身而过。

10. 男人紧紧抱着我。我的双手悬在空中。我的心和眼睛躲在新鲜的玫瑰裙子里去赴约。

我很口渴。我的嘴唇像失水的鱼一样掉下一片一片鳞片来。

一切都将与我错身而过。

钟表又敲了一下。钟摆是残酷的听诊器，敲打着我作为病人的脆弱心灵。

我强烈地感到，内心忽然跟随一个不远的地方发出的声音而热闹起来。

男人，男人，你怎么还不睡？

我的眼前明晃晃。

我的眼前明晃晃。

刀子被我这样轻松地从男人身后的小桌几上拿起来。我的手立刻紧紧握住它。我的手和刀子像两块分散的磁铁一样找到了彼此。它们立刻结在了一起。它们相亲相爱，它们狼狈为奸。我想我知道它们在筹划着什么，我想我明白什么将要发生。可是我来不及回来了，我的心在别处热闹。我在跳舞，像我的娃娃一样转着圆圈，溺死在一场目光里。

刀子摸索着，从男人身体正中进入。男人暂时没有动。他的嘴里发出一种能把网撕破的风声。我又压着刀柄向男人肥厚的背深刺了一下。然后把刀迅速抽出来。

这些对于我非常熟悉。我熟练得像从前对付每一块水仙花根一样。

男人没有发出怨恨的声音。我在思索是不是要帮助我的父亲止血。我把刀子扔下去，然后我用两只手摩挲着寻找男人的伤口。我感到有温泉流淌到了我的手心。我感到了它们比水仙汁液更加芬芳的香气。

男人还带着刚才那样宽容的笑容。他就倒下了。他把温泉掩在身后，像一块岩石一样砸下去。

11. 小染看着男人。男人的画板上有一块温暖的颜色。小染觉得那可能是她的玫瑰裙子。无法可知。小染忽然调头，带着她红红色的温泉的双手，跑上阁楼。

楼梯是这样长，扶手和地板上都流淌着目光。

小染从来没有跑得这样快。她喘着气停顿在她的梳妆台旁边。

她对着灰蒙蒙的镜子大口呼吸。她看着自己，从未这样清晰地看着自己。

嘴唇上结满了苍紫色的痂。

小染看着自己，看着自己。然后她缓缓地提起自己的手。

　　她对着镜子把手上的鲜血一点一点涂抹在嘴唇上。温热的血液贴合着嘴唇开出一朵殷红色的杜鹃花。小染想着男孩的话，看着镜子里红艳艳的嘴唇，满意地笑了。

12. 我，对着镜子里的红色花朵笑了。

我，对着镜子里的红色花朵笑了。

chapTer 1

\\GORGEOUS

器

gor-geous adj.
[usu attrib]
richly coloured; magnifi—
walls hung with gorgeous
tapestries

—geously adv.
—eously dressed,
—ek etc

器艳。

GORGEOUS

葵花走失在1890

结果也许应当是这样的，
我悠悠地躺在骨灰瓮里抚摩你眼睛里的灰。

1. 那个荷兰男人的眼睛里有火。橙色的瞳孔。一些汹涌的火光。我亲眼看到他的眼瞳吞没了我。我觉得身躯虚无。消失在他的眼睛里。那是一口火山温度的井。杏色的井水漾满了疼痛，围绕着我。

他们说那叫做眼泪。是那个男人的眼泪。我看着它们。好奇地伸出手臂去触摸。突然火光四射。杏色的水注入我的身体。和血液打架。一群天使在我的身上经过。飞快地践踏过去。他们要我疼着说感谢。我倒在那里，恳求他们告诉我那个男人的名字。

就这样，我的青春被点燃了。

2. 你知道么，我爱上那个眼瞳里有火的男人了。

他们说那团火是我。那是我的样子。他在凝视我的时候把我画在了眼睛里。我喜欢自己的样子。像我在很多黄昏看到的西边天空上的太阳的样子。那是我们的皈依。我相信他们的话，因为那个男人的确是个画家。

可是真糟糕，我爱上了那个男人。

我从前也爱过前面山坡上的那棵榛树，我还爱过早春的时候在我头顶上酿造小雨的那块云彩。可是这一次不同。我爱的是一个男人。

我们没有过什么。他只是在很多个夕阳无比华丽的黄昏来。来到我的跟前。带着画板和不合季节的忧伤。带着他眼睛里的我。他坐下来。我们面对面。他开始画我。其间太阳落掉了，几只鸟在我喜欢过的榛树上打架。一些粉白的花瓣离别在潭水里，啪啦啪啦。可是我们都没有动。我们仍旧面对着面。我觉得我被他眼睛里的旋涡吞噬了。

我斜了一下眼睛看到自己头重脚轻的影子。我很难过。它使我知道我仍旧是没有进去他的眼睛的。我仍旧在原地。没有离开分毫。他不能带走我。他画完了。他站起来，烧焦棕树叶味道的晚风缭绕。是啊是啊，我们之间有轻浮的风，看热闹的鸟。他们说我的脸红了。

然后他走掉了。身子背过去。啪。我觉得所有的灯都黑了。因为我看不到他的眼瞳了。我看不到那杏色水的波纹和灼灼的光辉。光和看着他眼睛里的我，他坐下来。

我们　面对面。

他 开始 画我。

热天折在我和他之间的距离。掐死了我眺望的视线。我看见了月亮嘲笑的微光企图照亮我比例不调的影子。我知道她想提醒我，我是走不掉的。我知道。我固定在这里。

男人走了。可是我站在原地，并且爱上他了。我旁边的朋友提醒我要昂起头。他坚持让我凝视微微发白的东方。昂着头的，带着层片状微笑的。那是我本应的形象。我环视，这是我的家园。我被固定的家园。像一枚琥珀。炫目的美丽，可是一切固定了，粘合了。我在剔透里窒息。我侧目看到我的姐姐和朋友。他们没有意识到自己的影子很可笑，他们没有意识到自己是不能够跳动的，走路和蹲下也不能做到。

他们仅仅是几株葵花而已。植物的头颅和身躯，每天膜拜太阳。

然而我也是的。葵花而已。

可是我爱上一个男人了你知道么。

一株葵花的爱情是不是会像她的影子一样的畸形。

3. 我很想把我自己拔起来，很多的时候。虽然我知道泥土下面自己的脚长得有多么丑陋。可是我想跳一跳。跟上那个男人离开的步伐。我希望他看见了我。停下来。我们面对着面。在一些明亮的炽热里面。没有任何可以阻隔视线。我们的视线是笔直的彩虹。幸福在最上方的红色条块里长成延延的一片。最后我对他说，我有脚了，所以带我走吧。

有过这样的传说：海里面曾经有一尾美丽的鱼。和我一样黄色头颅。扇形尾翼。没有脚，和我一样。她也和我一样的糟糕，爱上了一个男人。她找到一个巫婆。她问她要双脚。她给了她。可是要走了她的嗓音。她非常难过，她说她本来很想给那个男人唱首歌的。不过没有关系啊她有了双脚。她跟那个男人跳了许多支舞。可是那个男人的眼神已经在别处了。她无法在他们之间架构彩虹。她发现有了双脚可是没有一条绚烂的大路让她走。鱼很焦虑。

后来怎么样了呢。

鱼；故事；巫婆。

我不知道。我多么想知道，鱼她怎么样了啊。男人的眼神它挽回了么双脚可以到达一条彩虹然后幸福地奔跑么。

这是我的姐姐讲给我的故事。情节粗糙并且戛然而止。然后她继续回身和经过这里的蝴蝶抛调情了。她常常从一些跑动的朋友那里知道这样的故事。残缺但是新鲜有趣。她就把这些像蝴蝶传花粉一样传播，很快乐。对，她说那只鱼的故事的时候很快乐。她说鱼一定还在岸上发愁呢。

4. 可是我问我的姐姐，你知道怎样能够找到那个巫婆吗？

我的家园在山坡旁边。山坡上有零散的坟冢。还有小小的奇怪的房子，房子上爬满葡萄酒红色的爬山虎。有风的时候整个房子就像一颗裸露在体外的健壮的心脏。我常常看到那个穿黑色衣服的女人走进去。她的眼眶黝黑，红色灯丝一样的血丝布满她的眼瞳。那是她惟一的饰物。

那一天，是一个青色的晨。露水打在我的头发上，掉在一个摇荡的椭圆型旋涡里。他们在一起。我看见他们的简单生活，常常发生的团聚，安静的彼此结合。我常常看见别的事物的游走和团聚结合。我是不是要感到满足。

我仰起头，这次觉得太阳很远。昼日总是比山坡下面牧师的颂词还要冗长。

死了人。棺木上山。我看到了生冷的花团锦簇。死的人总是要用一些花朵祭奠。我想知道他们在那些花的疼痛中才能眠去么。

花朵被剪下来。喷薄的青绿色的血液在虚脱的花茎里流出。人把花朵握在手中，花朵非常疼。她想躺一会儿都不能。她的血液糊住了那个人的手指，比他空旷的眼窝里流淌出来的眼泪还要清澈。我有很多时候想，我自己是不是也要这样的一场死亡呢。站着，看着，虚无地流光鲜血。

花朵的第一次离开一地的旅行，来看一场死亡，然后自己也死掉在别人的死亡里，一切圆滑平淡，花朵来做一场人生的休止符号。

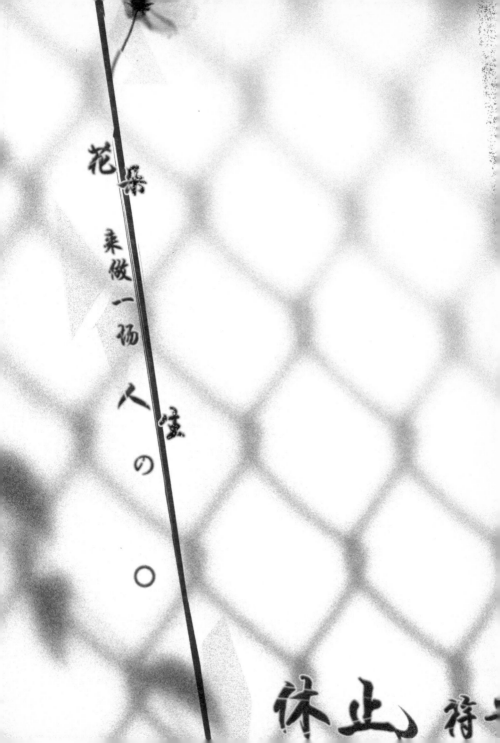

花朵
来做一场人生
の
○

休止符

站着死去的花朵不得不听那个永远穿黑袍子的人说啊说啊。我把头别过去，不再看这朵将死的花。

然后我忽然就看到了山坡上，那个用血红灯丝装点眼睛的女人。她在那里眯起眼睛看着这场葬礼。她也穿黑色衣服，可是她与葬礼无关。我和她忽然很靠近，我几乎听到了她的鼻息。还有一点被死亡，哭喊声死死缠绕而不得脱身的风。

她看到了我。看到我在看着她。她离我非常远，可是我相信她还是可以看出我是一朵多么与众不同的葵花。我的焦躁，忧愁。火上面的，欲望里面的的葵花。我在看到别的花朵的死亡时疼痛，可是我依然无法抑制地想要把自己从地上拔起来，离开，跑，追随。

她向我走了过来。站在我的面前，看我的眼神充满怜悯。她说她知道我的想法。她说她是一个可以预知未来的巫婆，并且乐意帮助我。

她的声音很快也和风缠在了一起，漾满了整个天空。我感到天旋地转，她说她实现我的愿望，我就立刻想到了奔跑，像一个人那样的跑，像一个人那样剧烈地喘气。像一个女人一样和他在一起。

我看到这个女人的纤瘦的手臂伸向我，轻轻碰碰我，她说你可真是一株好看的葵花。

我的眼睛定定地看着她的手指。那些细碎的皱纹分割了它的完整。使它以网一样的形式出现。破碎而柔软。那些风干的手指使我必须推翻我先前对她的年龄的推测。我想她是活了很久的，可是后来很专注，所以忘记了去衰老和离开。

她说我可以把你变成一个人。你可以走路。可以跳。可以追随你的爱人。

她的话飘在幽幽的风里，立刻形成了一朵我多么想要拥抱的云彩。我缓缓说，你告诉我吧，你要我的什么来交换。我知道一切都是有代价的。然而我不知道自己能够为你做些什么，我只是一株简单的葵花。

这时候我在想着那尾离开海洋的鱼。她有好听的声音。她的声音被交换掉了。然后她有了双脚。双脚会疼，可是她在明晃晃的琉璃地板上旋转16圈，跳舞如一只羽毛艳丽的脸孔苍白的天鹅。我不知道她后来怎么样了。可是我仍旧羡慕她，她有东西可以交换，她不欠谁的。我的声音只有蝴蝶和昆虫还有眼前这个神能的女子可以听到。这声音细小，可以忽略，无法用来交换。

她瘦瘦的手臂再次伸向我。轻轻触碰我。她说我要你的躯体。我要你作为一朵美丽葵花的全部。

我很害怕她。可是我爱上了一个男人。我别无选择。于是我问她，怎么要我的身体和为什么要。

她说，等到一个时刻，你就又是一株葵花了。你回归这里。我要拿着你去祭奠一个人。她指给我看葬礼的方向。她说，就是这样了，你像她一样被我握在手里面。然后死掉。

我也要做一场人生的终止符号了么？躺在别人华丽的棺木里，在黑衣人咒语般的祈祷中睡去了么？我看看山下那株濒死的花。她已经死去了。她睡在棺木的一角，头是低垂的。血液已经是褐色的了，无法再清澈。曾经属于她的眩目的春天已经被简单仓促地纪念和歌颂过了。她可以安心离开了。

我到死都不想离开我的爱人。我不想把我的死亡捆绑在一个陌生人的死亡上。我也不想等到棺木缓缓合上的时候，我在那笨拙的木头盒子的一角流干自己最后的血液。可是我无法描述我对那个男人的追随和迷恋。他就像一座开满山花的悬崖。我要纵身跳下去，这不值得害怕。因为这是充满回声的地方，我能听到无数声音响起来延续我的生命。我有我的双脚，我跟着他，不必害怕。

我想我会答应她。

然后我问死的会是什么人。

她说，我爱的一个男人。啊，她说是她爱的男人。我看着这个黑色里包裹的女子。她的茂密的忧伤胜于任何一棵健硕的植物。我再也不害怕。她是一个焦灼的女人。我是一株焦灼的葵花。我们在这样的清晨站在了一起。她讲话的时候眼睛里带着一种碎玻璃的绝望。清晨的熹光照在那些碎玻璃上，光芒四射的绝望……我想靠近她，因为我觉得她的的绝望的光芒能够供我取暖。我想如果我可以，我也想伸出我的手臂，碰碰她。

我们应当惺惺相惜。

我说好啊。我愿意死了作为祭品。可是啊，为什么你会挑选我。你是一个人，你有可以活动的双手和双脚，你完全可以随便采一株花，你喜欢的，你爱人喜欢的花，放在他的墓上。你根本不必征询花朵的同意。

她说，我要找一株心甘情愿的花。让她在我爱人的葬礼上会合着人们为他歌唱，她会认真地听牧师为他念悼词。她会在我爱人的棺木合拢的那一刻，和其他的人一起掉下眼泪来。

风和云朵都变得抒情起来。我开始很喜欢这个女人。她的男人也一定不喜欢她。可是她努力地想要为他做一点事情。即使到了他死的那一天也不放弃。

我说，好的，我会在你爱人的葬礼上做一株心甘情愿的葵花。为他歌唱和祈福。可是你告诉我，我可以拥有双脚地活多久。

幽怨的女人说，不知道。你活着，直到我的爱人死去。他也许随时会死去。然后你就不再是一个女子。变回一株葵花。我会折断你的茎干。带你去他的葬礼。就这样。

她好像在讲述我已然发生的命运。她安排我的死亡。她对我的要求未免过分。可是我看着这个无比焦虑的女人，她给她的爱情毁了。我永远都能谅解她。我想不出还有什么比我同意她的计划更美妙的了。我可以长上一双脚，可以跟着那个荷兰男人，在他眼中的熊熊火焰里铺张成一缕轻烟。袅绕地和他相牵绊。而我死后会是一朵无比有怜悯心的葵花，在盛大的葬礼上给予陌生人以安慰。我和这个和我同病相怜的女子将都得到慰藉和快乐。

不是很好么。

就是这样，我用我的命来交换，然后做一个为时不多的女人。我说好吧。我甚至没有询问我将做的是怎样一个女人。肥胖还是衰老。

那一刻我从她梅雨季节一般潮湿的脸上隐隐约约看到了春天里的晴天。

她说，那么你要去见你爱的男人对吧。

我说，不是去见，是去追随他。

女巫看看我说，我把你送到他的身边去。可是你对于他是一个陌生人，这你懂得吧。

我说不是的。他天天画我，他的眼睛里都是我。我已在他的视网膜上生根。纵然我变成一个人，他也认得我的。

女巫定定地看着我。我知道她在可怜我了。我的固执和傻。

于是我们两个就都笑了。

那时候天已经完全黑了下去。我们的谈话抵达尾声。她再次靠近我，身上的味道和衣服一样是黑色的。我对黑色的味道充满了惊奇。我习惯的是明亮的黄色在每个早晨横空出世时炸开一样的味道。我觉得黄色的味道很霸道。带有浅薄的敌意和轻蔑。红色的味道就是我在黄昏里常常沉溺的味道。每棵葵花都迷恋太阳，然而我喜欢的，正是夕阳。我看着那颗红色的头颅缠绕着红黄的云絮，她是那么地与众不同。把自己挂在西边的天空上，是一道多么血腥的风景。

当然，红色可以烧烫我莫可名状的欲念，主要还是因为那个荷兰男人。

我爱上那个荷兰男人了，你知道了的啊。

红头发的男子，红色明艳的芬芳。他的脸上有几颗隐约的雀斑，像我见过的矢车菊的种子。却带着瓢虫一般的淘气的跳跃。他的眼睛里是火。折射着包容与侵蚀的赤光。我知道那会比泥土更加柔软温暖。

这些红色使我真正像一棵春天的植物一般蓬勃起来。

现在的这个女人是黑色。我没有词汇来赞美她因为我不认识黑色。黑色带着青涩的气味向我袭来。我没有词汇赞美她和她的黑色，可是我喜欢她们。

她的黑色就像是上好的棺木，没有人会想到去靠近，可是谁又可以拒绝呢。人们诅咒它或者逃离开它，可是忍不住又想留住它。它在一个暗处等待着。

这时候女人又说你可真是一株美丽的葵花。

她说，你知道葵花还有一个名字叫什么吗。望日莲。多么好听的名字呵。

5. 那个男人的名字是文森特•梵高。我不认识字，可是后来我看到了他在他的画旁边签下的名字。我看到他画的是我。是我从前美丽的葵花形象。我看到他签的名字依偎在我旁边。文森特和我是在一起的。我看到我的枝叶几乎可以触碰到那些好看的字母了。我想碰碰它们。我的文森特。我的梵高。

我成为一个女人的时候，是一个清晨。大家睡着，没人做恶梦。很安详。我被连根拔起。女巫抓着我的脖颈。她的手指像我在冬天时畏惧过的冰凌。

我说我不疼。我爱上了一个男人。那个男人的眼睛里有火。他要来温暖我了。

我闭上眼睛不敢向下看。我的脚是多么丑陋。它们有爬虫一样的骨骼。

我担心我要带着它们奔跑。我担心我倒下来，和我的文森特失散。一群天使从我身上踏过，可是没有人告诉我他的下落。

我很冷。清晨太早我看不到太阳。我的家人睡着我不能叫出声来。

我脚上的泥土纷纷落下。它们是我从前居住的城堡。可是它们都没有那个男人的那颗心温暖。现在我离开了泥土，要去他心里居住。

所以我亲爱的，干什么要哭呢。我不过是搬了搬家。

6. 我来到了雷圣米。太阳和河流让我看到了自己的崭新的影子。女人匀称的影子。我沿着山坡的小路向上走。树很多，人很少。我看到山坡上的大门，外面站着三三两两的病人。他们带着新伤旧病向远处张望。

我走得很慢。因为还不习惯我的双脚。它们是这样的陌生。像两只受了惊吓的兔子，恍恍惚惚地贴着地面行走。可是它们是这样的雪白。我有了雪白的再也没有泥垢的双脚。

我紧张起来。进那扇大门的时候，我看到周围有很多人。我想问问他们，我是不是一个样子好看的女人。我没有见过几个女人。我不知道头发该怎样梳理才是时兴的。我来之前，那个黑衣服的女巫给我梳好头发，穿好衣服。她说她没有镜子，抱歉。

镜子是像眼睛和湖水一样的东西吧。

我想问问他们，我是不是一个好看的女人。因为我曾经是一株很好看的葵花。我曾经在文森特的画布上美丽成一脉桔色的雾霭。那是文森特喜欢的。

我穿了裙子。是白色的。就像山坡上那些蒲公英的颜色。带一点轻微的蓝。看久了会有一点寒冷。也许是我看太阳看了太多个日子。我的白色裙子没有花边。可是有着恰到好处的领子和裙裾。这是护士的装束。我现在戴着一顶奇怪的小帽子，白色的尖尖的，像一朵没有开放的睡莲。可是但愿我有她的美丽。我的裙子上边布满了细碎的皱褶，因为我坐了太久的车，雷圣米可真是个偏僻的地方。云朵覆盖下的寂寥，病人焦灼的眼神烧荒了山野上的草。

我以一个女人的身份，以一个穿白色护士裙子的女人的身份，进了那扇大门。

这个男人，这个男人的眼睛里有火。仍旧是赤色的，呼啸的。这个红色头发，带着雀斑的男人，穿着一身病号服，在我的正前方。这个男人的手里没有拿画笔，在空中，像荒废了的树枝，干涸在这个云朵密封的山坡下面。他还能再画么？

这个男人还是最后一次收起画笔在我眼前走掉的样子，带着迟疑的无畏，带着晒不干的忧愁。可是他不再是完整的。他残缺了。我看到他的侧面。我看到他的前额，雀斑的脸颊，可是，他的耳朵残缺了。我看到一个已经仓促长好的伤口。想拼命地躲进他的赭石色头发里，可是却把自己弄得扭曲不堪。褐色的伤疤在太阳下面绝望地示众。

我曾经靠那只耳朵是多么地近啊。他侧着身子，在我的旁边，画笔上是和我一样的颜色，沾染过我的花瓣和花粉。我当时多么想对着他的那只耳朵说话。我多想它能听到。他能听到。我多想他听见我说，带我走吧，我站在这里太久了，我想跟着你走。和你对望，而不是太阳。我至今清晰地记得那只耳朵的轮廓。可是它不能够听到我的声音了。

我在离他很近的地方，带着换来的女人的身体，叫他的名字。我轻轻地叫，试图同时安慰那只受伤的耳朵。

他侧过脸来。他是这样的不安。他看到一个完全陌生的女人。这个女人叫他的声音近乎一种哀求。这个女人穿白色衣服，戴着帽子，一切很寻常。

我无比轻柔地说，文森特，该吃药了。

7. 这是雷圣米。云朵密封下喘息的山坡，医院，门，病人，禁锢，新来的护士，和文森特。

我有很多个夜晚可以留在文森特隔壁的房间里守夜班。夜晚的时候，雷圣米的天空会格外高。医院开始不安起来。我知道病人的血液有多么汹涌。他们的伤痛常常指使他们不要停下来。大门口有很健壮的守卫。他们坏脾气，暴力，喜欢以击退抵抗来标榜自己的英勇。我听到夜晚的时候他们和病人的厮打。我听见滑落的声音。血液，泪水和理智。这是一个搏击场。

我是一个小个子的女人。他们不会唤我出去。我站在墙角微微地抖。我害怕我的男人在里面。

我总是跑去他的房间。他坐在那里。手悬在空中。桌子上是没有

写完的半封信。他很安静，然而表情紧张。

我说雷圣米的夜晚可真是寒冷。我坐在他的旁边。他穿一条亚麻色的阔衫，我看到风呼呼地刮进去，隐匿在他的胸膛里。他的手指仍旧在空中。他应该拉一下衣领的。

做点什么吧做点什么吧文森特。

我是多么想念他画画的样子，颜料的香甜味道，弥散在我家的山坡上，沾在我微微上仰的额头上面。那时侯我就发烧起来。一直烧，到现在。我现在是一个站在他面前的为他发烧的女人。

他的灵活的手指是怎么枯死在温润的空气里的？

画点什么吧画点什么吧文森特。

这个男人没有看我。他确实不认识我，他以为他没有见过我，以为他没有记住过我。他受了伤吧，因为受伤而慵懒起来。于是懒得回忆起一株葵花。他坐在冻僵的躯体里，行使着它活着的简单的权力。

我想让他画。我去取画笔。返回之前终于掉下眼泪。我要感激那个巫婆，她给我完整的躯体，甚至可以让我哭泣。泪水果然美丽，像天空掉下来的雨一样美丽。我想念我的山坡，我在山坡上的家园，和我那段怎么都要追随这个男人的光阴。

我回到房间里。把画笔放在他的手心里。他握住它。可是没有再动。我的手指碰到他的手指。很久，我们的手指都放在同一个位置。我坐下来，像做一株葵花时候一样的安静。我看着我的手指，只有它保留着我曾经做植物时的美好姿态。

8. 凯。

凯是谁。

凯是个总是以微微严肃的微笑端坐在他的忧伤里的女子。

他的记忆里凯总是在一个比他高一点点的位置上，黑色衣服。凯摇头，说不行。凯一直摇头，她说着，不行不行。

我看到凯的照片的时候想到了月色。葵花们是不怎么喜欢月色的。葵花崇拜的是太阳和有密度的实心的光。可是这无法妨碍月光依旧是美丽的意象。

凯仍旧是迷人的女子。带着月光一样空心的笑，是一个谁都不忍心戳破的假象。

她对着文森特一再摇头。她掉身走了。她听不见身后这个男人的散落了一地的激情。

一个妓女。文森特和她说话。

文森特看着这个怀孕的忧愁简单明了的妓女。他觉得她真实。她不是月光的那场假象。她不抒情不写意可是她真真实实。他看到山坡上的葵花凋败了或者离开了。他看到凯美好的背影。看到整个世界落下大雾。他终于觉得没有什么比真实更加重要了。他把小火苗状的激情交到她的掌心里。

那是不能合拢的掌心呵。无力的滑落的激情掉下去，文森特愕然。

另外的画家。才华横溢。他来到文森特的小房间。他真明亮呀。他明亮得使文森特看到他自己的小房间灼灼生辉，可是他自己却睁不开眼睛了。他被他的明亮牵住了。不能动，不再自由了。

他想和这个伟大的人一起工作吃饭睡觉。他想沿着他的步伐规范自己。因为他喜欢这个画家的明亮生活。他想留下这个路经他生活的画家。他甚至重新粉刷了他们的房间。黄色，像从前我的样子。可是明亮的人总是在挑衅。明亮的人嘲笑了他的生活吗鄙视了他的艺术吗。

争执。暴跳。下大雨。两个男人被艺术牵着撕打起来。那个明亮的伟大的人怎么失去了和蔼的嘴角了呢。凶器凶器。指向了谁又伤害了谁呢。明亮的人逃走了。黄色小房间又暗淡下来。血流如注。文森特捧着他身体的那一小部分。它们分隔了。他愤怒，连属于他自己身体的一部分都在离开他。

他是一个十字路口。很多人在他的身上过去，他自己也分裂向四方，不再交合。

9 我来晚了。亲爱的文森特。我来之前发生了这样多的事情。我现在站在你的面前，可是你不能分辨我。你不能把任何东西交到我的手中了。

我千方百计，终于来到你的面前，追随你。亲爱的，我是不会干涸的风。

你好起来，我和你离开圣雷米。

是的，我想带你走。我们两个去山坡你说好吗。我们不要听到任何哭声。我也不会再哭，你说好吗。我们还能见到其他的葵花。我喜欢榛树的，我们把家建在旁边吧。叶子落了吧，厚厚的聚集。聚集是多么好呀。文森特，跟我回家吧。

　　我决定悄悄带走这个男人。掀起覆盖的压抑呼吸的云彩。我们离开圣雷米。我想就这个夜晚吧。我带着他走。他很喜欢我，我总是用无比温柔的声音唤他吃药。他会和我一起走的。

　　这个下午我心情很舒畅。我早先跟着别的女人学会了织毛衣。我给文森特织了一件红色的毛衣。枫叶红色，很柔软。

　　我在这个下午坐在医院的回廊里织着最后的几针。我哼了新学来的曲子，声音婉转，我越来越像一个女人了。我的心情很好。隔一小段时间我就进去看一下文森特。他在画了。精神非常好。也笑着看他弟弟的来信。

　　一个小男孩抱着他的故事书经过。他是一个病号。苍白好看的病号。我很喜欢他，常常想我将来也可以养一个小孩吗？我要和他一样的小男孩。漂亮的，可是我不许他生病。

小男孩经过我。我常常看见他却从来没有叫住过他。今天晚上我就要离开了，也许是再也看不到他了。我于是叫住了他。

他有长的睫毛，也有雀斑，我仔细看他觉得他更加好看了。

我说你在做什么。

他说他出来看故事书。

什么书呢。我是好奇的。那本靛蓝色封套的书他显然很喜欢，抱得很紧。

他想了想。把书递给我看。

我笑了，有一点尴尬的。我说，姐姐不认识任何字。你念给我听好么。

他说好的。他是个热情的小男孩。和我喜欢的男人的那种封闭不同。

我们就坐下来了。坐在我织毛衣的座位上，并排着。

他给我念了一个天鹅的故事。又念了大头皮靴士兵进城的故事。很有意思，我们两个人一直笑。

后来，后来呢，他说他念一个他最喜欢的故事。然后他就忧伤起来。

故事开始。居然是那只鱼的故事。那只决然登上陆地争取了双脚却失去了嗓音的鱼。故事和姐姐说得一样。可是我却一直不知道结局。那只脚疼的鱼在陆地上还好吗？

所以我听他说的时候越来越心惊肉跳。越来越发抖。我在心里默默祝福那只鱼。

可是男孩子用很伤感的声音说，后来，美人鱼伤心呀，她的爱人
忘记她了。她不能和他在一起了。她回到水边。这个时候是清晨。她
看到清晨的第一缕熹光。她纵身跳了下去。化做一个气泡。折射了很
多的太阳光，在深海里慢慢地下沉。

在那么久之后，我终于知道了那只鱼的命运。

我不说话。男孩子抬起头问我，姐姐，故事而已呀，你为什么哭
呢。

10. 这样一个傍晚，圣雷米的疗养院有稀稀落落的病人走来走
去。不时地仍有人争执和打架。有亲人和爱人来探望患者。有人哭了
有人唏嘘长叹。

我和男孩子坐在回廊的一个有夕阳余晖和茶花香味的长椅上，他
完完整整地念了这个故事给我。我想到了我答应巫女的誓言。我想到

那只鱼的堕海。我应该满足我终于知道这个故事的结尾。我知道了，就像我看见了一样。我看见她纵身跳进了海洋。她又可以歌唱了。

我知道了，所以我应该明白：所有的一切都没有完满。爱曾是勒在那只鱼喉咙上的铁钩，那只鱼失语了。她被爱放开的时候，已经挣扎得非常疲惫了。她不再需要诉说了。

爱也是把我连根拔起的飓风。我没有了根，不再需要归属。现在爱也要放掉我了。

男孩子安慰我不要哭。他去吃晚饭了。他说他的爸爸晚上会送他喜欢吃的桂鱼来。他说晚上也带给我吃。我的爸爸，他仍旧在山坡上，秋风来了他一定在瑟瑟发抖。

男孩子走了。正如我所骤然感觉到的一样。女巫来了。她站在我的面前。她没有任何变化。灯丝的眼睛炯炯。

她说她的爱人最近要死去了。她没有再继续说下去。我们是有默契的。她相信我记得诺言。

我要跟她回去了。像那只鱼重回了海洋。

我说，请允许我和我的爱人道别。

她跟着我进了文森特的房间。

文森特歪歪地靠在躺椅上睡着了。画布上有新画的女人。谁知道是谁呢。凯，妓女或者我。

谁知道呢反正我们都是故人了。

我把我织好的毛衣给他盖在身上。红色的，温暖些了吧，我的爱人。

女巫一直注视着这个男人。她很仔细

地看着他。

是因为她觉得眼前这个男人奇怪吗。没错，他失掉半只耳朵，脸上表情紊乱，即使是在安详的梦里。

女巫带着眼泪离开。

再见了，文森特。

女巫和我并排走在圣雷米的山坡上。我看见疗养院渐渐远了。爱人和杂音都不再了。

我和女巫这两个女人，终于有机会一起并排走路说话。

我问，你的爱人死了吗。
她说，我预计到他要死去了。
我问，你不能挽救吗。
她说，我的挽救就是我会去参加他的葬礼。
是的，有的时候，我们需要的是死时的挽留但并不是真正留下。

我再次回到我的山坡。秋季。荒芜和这一年里凋零的花朵涨满了我的视野。

我的家园还在吗我的亲人还能迎风歌唱吗？

我没有勇气再走近他们了。

我绕着山坡在周围游走。我看见一只原来和姐姐做过朋友的蝴蝶。他围绕着别的花朵旋转和唱歌。

我的姐姐，她还好么。

第二天，女巫把脸干干净净洗过，换了另外一条黑色裙子。她说就是今天了。她爱的男人死了。葬礼在今天。她说，你要去了。我说，好的。我们去。我会拼命大声唱葬歌。

女巫让我闭上眼睛。

她的魔法是最和气的台风。转眼我又是一株葵花了。她把我攥在手心里，她说，我仍旧是一朵好看的葵花。

我迅速感到身体内水分的流失。可是并没有如我想象的那样疼痛。我笑了，说谢谢。

她的掌心是温暖的。我用身体拼命撑住沉重的头颅，和她一起去那场葬礼。

葬礼和我想象的不同。只有寥落的人。哭泣是小声的。

女巫径直走向棺木。她和任何人都不认识。然而她看起来像是一位主人。两边的人给她让开一条路。她是一个肃穆的女人。她紧紧握着一株饱满的葵花。我是一株肃穆的葵花。

棺木很简陋。我看见有蛀虫在钻洞，牙齿切割的声音让要离开的人不能安睡。我终于到达了棺木旁边。我看清了死去的人的脸。

那是，那是我最熟悉的脸。

我无法再描述这个男人眼中的火了。他永远地合上了眼睛。雀斑，红色头发，烂耳朵。这是我的文森特。

女巫悄悄在我的耳边说，这个男人，就是我所深爱的。

我惊喜和错愕。

我又见到了我的文森特。他没有穿新衣服，没有穿我给他织的新毛衣。他一定很冷。

不过我很开心啊。我和你要一起离开了。我是你钟爱的花朵。我曾经变做一个女人跑到圣雷米去看望你。我给你织了一件枫叶红的毛衣。这些你都可以不知道。没有关系，我是一株你喜欢的葵花，从此我和你在一起了。我们一同在这个糟糕的木头盒子里，我们一同被沉到地下去。多么好。

我们永远在我们家乡的山坡上。

我们的棺木要被沉下去了。

我努力抬起头来再看看太阳。我还看到了很多人。

很多人来看你，亲爱的文森特。我看见凯带着她的孩子。我看到了那个伤害过你的妓女。她们都在为你掉眼泪。还有那个明亮的画家。他来同你和好。

当然还有这个女巫，她站在远远的地方和我对视。我和她都对着彼此微笑。她用只有我能听到的声音对我说：这是你想要的追随不是吗。

我微笑，我说，是的。谢谢。

她也对我说，是的。谢谢。

沉和

沉湎。

SERENITY

沉和。

『沉和』

『沉和』

毁

我用尽所有气力，
只是想学会如何和你相依为命。

1. 我的中学对面是一座著名的教堂。青青的灰。苍苍的白。暮色里总有各种人抬起头看它。它的锋利的尖顶呵，穿透了尘世。尖尖的顶子和黄昏时氤氲的雾霭相纠缠，泛出墨红的光朵。是那枚锐利的针刺透了探身俯看的天使的皮肤，天使在流血。那个时候我就明白，这是一个昼日的终结曲。夜的到来，肮脏的故事一字排开，同时异地地上演。天使是哀伤的看客，他在每个黄昏里流血。当天彻底地黑透后，每个罪恶的人身上沾染的尘垢就会纷纷落下来，凝结淤积成黑色的痂，那是人的影子。

我一直喜欢这个臆想中的故事，天使是个悲情无奈的救赎者，他俯下高贵的身子，俯向一个凡人。

可怜的人，荣幸的人啊，被猝然的巨大的爱轰炸。他们一起毁。天使在我的心中以一个我爱着的男孩的形象存在。天使应当和他有相仿的模样。冷白面色，长长睫毛。这是全部。这样一个他突兀地来到我的面前，我也可以做到不盘问他失去的翅膀的下落。倘若他不会微笑，我也甘愿在他的忧伤里居住。是的，那个男孩，我爱着。将他嵌进骨头里，甚至为每一个疼出的纹裂而骄傲。

围墙，蔷薇花的围墙。圈起寂寞的教堂。蔷薇永远开不出使人惊异的花朵，可是她们粉色白色花瓣像天使残碎的翅羽。轻得无法承接一枚露珠。蔷薇花粉在韧猛的风里无可依皈。她们落下。她们落在一个长久伫立的男孩的睫毛上。他打了一个喷嚏。她们喜欢这个男孩，他纯澈如天使。

2. 男孩被我叫做"毁"。

　　"毁"是一个像拼图一样曲折好看的字。"毁"是一个在巫女掌心指尖闪光的字符。

　　我对男孩说，你的出现，于我就是一场毁。我的生活已像残失的

拼图一般无法完复。然而他又是俯身向我这个大灾难的天使，我亦在毁他。

"毁"就像我的一个伤口，那样贴近我，了解我的疼痛。伤口上面涌动的，是血液，还是熠熠生辉的激情？

他像一株在水中不由自主哽咽的水草。那样的阴柔。

他在落日下画各个角度的教堂。他总是从画架后面探出苍白的脸，用敬畏的目光注视着教堂，为他爱的我祈福。他动起来时，胸前圣重的十字架会跟随摆动，像忠实的古旧摆钟节奏诉说一种信仰。

男孩的脚步很轻，睫毛上的花粉们温柔地睡。

毁，我爱你，我是多么不想承认呵。

3. 我讲过的，毁是我的一个伤口，他不可见人。

或者说他可以见人，可是有着这样一个伤口的我无法见人。

毁是一个爱男孩的男孩。他爱他的同性，高大的男生，长腿的奔跑，短碎的头发，汗味道的笑。

他是严重的精神抑郁症患者。时常会幻听。每天吃药。他会软弱地哭泣，他在夜晚感到寒冷。他是一个病态的画家，他曾是同性恋者。我们不认识。我们遥远。而且毫无要认识的征兆。他在一所大学学艺术。很多黄昏在我的中学对面画教堂。我们常常见到，彼此认识但未曾讲话。

我有过很多男友。我们爱，然后分开。爱时的潮湿在爱后的晴天里蒸发掉。没有痛痕。

我认识毁之前刚和我高大的男友分手。他讲了一句话，就坚定了我和他分开的决心。他说，爱情像吃饭，谁都不能光吃不干。

我的十八岁的爱情呵，被他粗俗地抛进这样一个像阴沟一般污浊的比喻里，我怎么洗也洗不干净了。我的纯白爱情，在他的手里变污。我做梦都在洗我的爱情，我一边洗一边哭，我的污浊的爱情横亘在我的梦境里，怎么洗也洗不干净。

我承认我一直生活得很高贵。我在空中建筑我玫瑰雕花的城堡。生活悬空。我需要一个王子，他的掌心会开出我心爱的细节，那些浪漫的花朵。他喜欢蜡烛胜于灯，他喜欢绘画胜于篮球。他喜欢咖啡店胜于游戏机房。他喜欢文艺片胜于武打片。他喜欢悲剧胜于喜剧。他喜欢村上春树胜于喜欢王朔。不对，他应该根本不喜欢王朔。

我的男友终于懂得送我蜡烛，玻璃鱼的碟子。可是我坚持我们分开。也许仅仅因为那个比喻。

4.　三月，三月。毁给我一封信。靛蓝的天空图案，干净的信笺。只有一句话：

让我们相爱，否则死。我抬起头，像，像被捕捉的兽。这样不留余地的话，锋利可是充满诱惑。我的皮肤如干燥的沙土一般向两边让

LOVE
DIE 让我们相爱 ｜ 否则死。

>>>让我们相爱　否则死。

开。伤口出现。血新鲜。

我从三楼的窗口望出去，学校外面的街道上，毁穿行而过。衣服很黑脸很白，身后画板斑斓。脚步细碎而轻，手指微微地抖。他像深海中一尾身体柔软光滑的鱼，在我陡然漾起的泪水里游走，新生的气泡从他的身体里穿出。穿进我的伤口。然后破碎。

漾出的，满满的，是一种叫做温情的东西。我觉察到开始，开始，隆重的爱。我注定和这个水草般的男孩相纠结。

我生活在云端，不切实际的梦境中。可是认识毁以后我才发现他所居住的梦境云层比我的更高。他从高处伸出颤微微的手，伸向我，在低处迷惘的我。并不是有力的，粗壮的手。甚至手指像女子一样纤长。可是我无法抗拒。

5. 这座北方城市的春天风大得要命。下昏黄的颗粒状的雪，刮到东，又吹到西，却从不融化。所以我仇恨这里的春天。可是我见过毁在春天画过的一幅画。春天帮助毁完成了那幅画，从此我爱上了春天。画上是这座教堂，在大风沙的黄昏。还有一个女孩的半张笑脸。未干的油性颜料，吸附了许多原本像蝶儿一样自由的尘埃。它们还算规矩地排列在了画面上，青灰围墙的教堂上面。变成了教堂用岁月堆叠雕砌起来的肌肤。它们之中的几颗爬上了画中那个女孩的脸颊，成了淘气的小雀斑。小雀斑的女孩眼底一片明媚的粉红色。她一直一直地笑。她从未笑过这么多，她从未笑过这么久，所以后来她的笑容就像失去弹性的橡皮筋，以一种无法更迭的姿势。还有一颗尘埃有着传奇的色彩。它落在女孩的右脸颊上，眼睛下面。位置刚刚好。它是一颗偏大的尘埃，看上去温暖而诡异的猩红色。恰好演绎了她的泪痣。

女孩是我。像一朵浅褐色小花的泪痣千真万确地绽放在我的右脸颊。我爱着对面这个作画的男孩。我对爱情的全部向往不过是我的每一颗眼泪都可以划过我的泪痣，落在我爱的毁的掌心里。这将是那些小碎珍珠的最好归宿。

我相信泪水可以渗入毁的掌心纹路里。它或者可以改写毁的命运。改写他病态的，紊乱的命运，让我，爱他的我，贯穿脉承他的生命。

在我们彼此毁坏彼此爱与折磨后，画仍旧不朽，失控的笑容从画面上散射出来，像阿拉丁的神灯照得我的窄小的房间熠熠生辉。可是这是一盏力量多么有限的神灯呵，至多它改写了我的梦，梦里毁以天使的妆容，以新生的翅膀奋力飞翔。醒来的时候我的泪漂洗着枕头。没有毁的手，没有他的手的承接。所以什么都不可能再改写。

6. 事实上我对毁的一切一无所知。我所知道的所有关于毁的故事都是他自己告诉我的。

曾自杀过。喜欢过男孩。有不轻的幻听症。没有固定的居所。有时很穷有时富有。信奉基督。

还有最重要的一点：爱我不渝。

我相信所有毁讲的话。那些我听来悚然的故事被我界定为他的前世，与我无关的惊涛骇浪，至多使我更安然地希冀毁以后的生命风平浪静。

毁在我学校外面的街道上穿行，在教堂高耸的围墙下穿行。时光永远是这样的一刻，无论他多么地不堪，可是我还是认定他是救赎我的天使，纵然残缺了翅膀，纵然失去了所有法力，甚至连自己的幸福都无法争取，他仍旧是他，以水草的洁绿拯救了我污水一样的爱情。

7. 毁一直最喜欢的童话是《睡美人》。他当然并不曾把自己想象成魁梧的王子，但他还是很喜欢公主在围墙高高的花朵城堡中安详地睡着，然后王子来到。公主在梦里闻到王子身上微微的花粉芳香（毁说王子要爬过长满蔷薇藤蔓的高墙，所以身上一定有花粉香），就甜甜地笑了，双颊是绯红的。王子走近时，两颗心都跳得很快。然后他走近她。他犹豫着，她在梦里焦急着。终于他吻了她。他吻了她。花粉从他的脸颊和睫毛上落下来，落在公主瓷白的肌肤上，痒痒的。她在梦里咯咯地笑。然后穿过梦，醒来。

毁总是把童话讲得细腻动人。他曾经讲过许多童话给我听。我也会像那位公主一样咯咯地笑。可是他讲《睡美人》时很不同。因为他讲完便吻了我。

他吻了我。花粉从他的脸颊上和睫毛上落下来。落在我的脸上。痒痒的，可是我没有笑。我哭了。眼泪带走了花粉，是醇香的。我宁可我是在一个梦里，或者可以穿进一个梦，不醒。我在那个黑色夜晚，在那张白色脸孔前无助地哭了。他无比不安。他迅速和我分离开，可是他胸前的十字架钩住了我的衣服。藕断丝连，藕断丝连呵，我们注定这样。

　　他把十字架从颈上摘下，为我戴上。他说，你看，上帝替我锁住了你。

　　十字架的绳子很长。"十"字很沉。它沿着我胸前的皮肤迅速划过。光滑，冷澈。它繁衍了一条小溪。在我干涸的心口。欢快地奔流。

　　毁牵着我的手，穿过一片灌木丛，来到教堂的背面。闪闪发光的花翅膀的小蝴蝶惊起。我发现毁没有影子。真的。他的身后是一片皎洁的月光。因为他没有人的丑恶的灰垢。他干净得不会结痂。

8.　　毁把他为我画的画送去一个不怎么正规的画展。一些像他

毁没有影子。真的。

他 干净得 不会 结痂。

一样的地下画家，和狭小的展出场地。同一个夜晚，讲《睡美人》、亲吻、赠予十字架的神奇夜晚，我们约定明天一起去看画展。他们集中了所有的钱，印了些入场的票子。很漂亮，比我收集的迪士尼的门票还好看。

他在学校门口等了我一个下午。因为我们从未交换过任何通讯方式，还有地址。我们的每一次相见都是一次心有灵犀的邂逅。他把入场券给我。他说明天在这里等我。他要走了。这是一个无缘无故使分别变得艰难起来的夜晚。是什么，使爱变成绵软的藕丝，浅浅的色泽，柔柔的香气，摇曳成丝丝怅然。毁呵，我爱上了你，你是病着的，可是我来不及等你康复了，来不及，我已经爱上了，我是多么不想承认啊。

我们在路灯下道别，我强调路灯是因为我在灯下寻找他的影子。他干净得没有影子。

他问我借十块钱坐计程车，他身无分文。我递钱的时候前所未有地紧张起来。这是我们第一次有计划的约会。我怕我们明天错过。真的，彼此一无所知的人，从此失去下落。

我掏出一支笔，在钱的反面写上我的电话。他格外开心。他说，是吗，你肯留电话给我？他上了计程车。我们仍在道别。再见再见再见。我们讲得没完没了。坏脾气的司机吼了一句。他才关掉车门。走远。

我们还是断掉了所有联系。第二天他没出现。我在教堂面前等等等。等等等，黄昏时我抬头凝望天空中被教堂尖顶戳破的洞孔，我看到逃逸出来的血色。我怀疑我那没有影子却病着的天使身份的爱人已经从这里离开。

我对他一无所知。甚至名字。我去过大学艺术系。我细致地描绘他的样子。认识的人说他在半年前因自杀退学。从此杳无音信。

我只好赶赴画展现场。那是那个萧条画展的最后一天。不得志的画家早已拿着微薄的所得各自散去。剩下几幅代卖的画。我找到了那幅毁为我画的画。我想要它。可是没有人可以鉴定画里模糊的半张脸是我。没有人可愿意相信我和毁从三月延续到九月的没有通讯地址和电话号码来维系的爱情。

　　我决定买下那幅画。它便宜得使我心痛。

　　我搬回了画。我常常在教堂围墙外观看。花朵或者天空。黄昏的时候在残碎的绯色云朵里想象那个出口。或者毁早已经由它，离开。

　　我的电话常常接起来沙沙地响，却没有人讲话。奇怪的是我总觉得沙沙的声响传播着一种香味。蔷薇花粉的香气。它维持我健康地活下去。

But the biggest question is whether Airbus can get enough orders to make the project ultimately profitable. Airbus executives have told analysts that they must sell about 240 of the planes before turning a profit, though they will not say within what time

>>> 他

　　我在那个奇妙夜晚和我爱的女孩道别。那是一场我们宁可选择延续延续再延续的道别。再见再见再见。我们讲个没完没了。坏脾气的司机吼了一句。我才关上车门。走远。

　　她给了我一张钱。上面有她的电话。这是第一次，我们有了联系的方式。这对我很重要。我是个病人。我不敢要求什么，甚至一个电话号码。我吻她时她哭了，我在那一刻信心被粉碎。我的怪模怪样的病们瞬时全跳出来，幻听，妄想。可是现在她给了我电话，她邀请我进入她的生活。她的确爱我了。我欣喜若狂。我爱这个号码这张钱。

　　我忽然，忽然舍不得花掉这张钱。记载了她爱上我的一张珍贵的钱。车子已经开出很远很远了。我才忽然喊停车。我说我没有钱。我下车。司机好像喝了酒。脾气坏极了。他定定看着我手中的钱。他说你是有钱不付啊。我赶忙装起钱，说没有没有。他气急了，开始下车殴打我。我知道我完全可以记下号码，交出钱。可是你知道吗，我第一次想勇敢一点。我一直怯懦。我甚至喜欢过男孩。我强烈要求保护。

　　可是现在很不同。我爱一个女孩，发疯地爱啊。我在她递过电话

号码时就决定保护她。所以我不能再怯懦。我决定拼死留下这张钱。

这是我生平第一次打架。我知道也许这是最后一次。我从不会打架。我的还击是那么无力。可是我仍坚持这是一场双方的打架而并非挨打。我们越打越凶。钱死死攥在我的手中。我是一个男孩，男子汉，我要开始学习保护我的爱人。这是我的第一课。

我发现了他晃出的凶器。他也许只是想吓住我，他晃得不怎么稳。刀子是我用过的啊，我曾用相同的武器自杀，所以我不怕。可是真可笑，我多么不想死啊。此刻，他一遍遍要我交出钱。只是十块钱。他一定是生气我慷慨激昂地还手了。他是我曾经喜欢过的那种很男人的男人，他们往往只是为赌一口气。从前我喜欢这样的人，后来我羡慕这样的人。现在，我也要成为一个这样的人。这是我的第一次唤起勇气的战役，不可以输。刀子进入身体，纯属意外。因为他的表情比我的还要恐惧。和上一次不同。上一次我知道我死定了。可是我活了。这一次，我知道我要活，可是血啊，流失得毅然决然。这是他不想看到的，他显然是个流氓，可他未必杀过人。他逃走了。他放弃了死人手中的面值十元的票子。

嘿嘿，我胜了。我身体里的血欢快地奔涌出来，庆祝着。我要死了。

六个月前我爱上第一个女孩。

六个星期前我为她画了一幅笑容延绵的画。

六十分钟前我吻过了她。

六分钟前我开始我的第一次打架。

六秒钟前我胜利了。

我还有一口气。我在我最后一口气里有两个选择。我可以记住还未开远的杀人凶手的车牌号，带着我仇人的信息去另一个世界清算。

可是我还是毫不犹豫地选择了记住我的爱人的电话号码。我未来的居所未知。啊，我飞了起来，那么快。好像芝麻开门的咒语，可以洞穿她纯真的灵魂。

我在人间的最后一个动作是展开我的钱。记住号码。

图书在版编目（CIP）数据

是你来检阅我的忧伤了吗／张悦然著. —上海：上海译文出版社，2004.5
ISBN 7-5327-3451-X

Ⅰ.是... Ⅱ.张... Ⅲ.短篇小说—作品集—中国—当代 Ⅳ.I247.7

中国版本图书馆 CIP 数据核字（2004）第 027503 号

特约编辑 沐 子
责任编辑 孟 丽
封面设计 张悦然

是你来检阅我的忧伤了吗

张悦然 著

出 版 世纪出版集团 上海译文出版社
　　　　（200001 上海福建中路 193 号 www.ewen.cc）
发 行 上海世纪出版集团发行中心
印 刷 上海精英彩色印务有限公司
开 本 889×1194 1/32
印 张 4.5
字 数 100 千
版 次 2004 年 5 月第 1 版
印 次 2004 年 5 月第 1 次印刷
ISBN 7-5327-3451-X／I·1996
定 价 19.00 元